KB053990

가슴이 먼저 울어버릴 때

가슴이 먼저 울어버릴 때

초판 1쇄 발행 | 2024년 2월 23일
초판 2쇄 발행 | 2024년 12월 17일

지은이 | 박노식
펴낸이 | 황규관

펴낸곳 | (주)삶창
출판등록 | 2010년 11월 30일 제2010-000168호
주소 | 04149 서울시 마포구 대흥로 84-6, 302호
전화 | 02-848-3097
팩스 | 02-848-3094

ISBN 978-89-6655-174-3 03810

가슴이 먼저 울어버릴 때

박
노
식

시
집

삶창

너는 어디에도 없고

세상의 꽃들은 아무 데서나 피어 있다.

헤어지기 위해 애써 만나는 사람들처럼

우리는 서로 바보가 되어

아픈 꿈을 꾸고

멈출 수 없는 노래가

슬픈 별이 되기까지

함께 걸었다.

너는 자주 울고

나는 마른 나뭇가지가 되어 애를 태운 채

마른 숲을 지나

한적한 호수에 이르렀을 때,

마침 제 설움을 못 이겨 혀를 깨물고 자지러지던

노을을 가리키며

너는 울부짖었다.

"니가 날 죽였어!"

그리고 떠났다.

늦었지만, 오늘 꽃치자를 심었다.

2024년 새해. 박노식

차례

1
부

괜찮아

그 여행은 조용히 왔어

창을 통해 시가 번쩍 들어오는 순간, 그가 햇살처럼
불쑥 뛰어든 거야

솜 같았던 계절은 그와 내가 앓던 시간

새들은 한번 앉은 그 자리에 다시 돌아와 머물러도
똑같은 발톱은 아냐

앓고 나서 세상은 밤,

나의 눈은 더 깊어져서 고되고 벅차다

돌아가는 길은 늘 침묵이 지배하니까 나의 푸른 잎
은 여전할 뿐,

그늘 안에서 착한 맘은 노래를 부르지

괜찮아, 괜찮아

나는 왜 노박덩굴을 사랑하는가

노박덩굴 꺾어서
흰 벽에 걸어 두었지
절로 껍질 벌어지고
붉은 열매 나왔네
저 씨앗들은 왜 이리 황홀할까
그건 외롭기 때문, 하지만
다시 들여다보면
생존의 슬픔이지
누구나 무관심하니까
누구나 무정하니까
그래서 깊은 눈[眼]에 띄게 하려고
그러니까 살아보려고
속으로 맺혀버린 거야
붉은 멍,
오랜 자학,
"새야, 어서 날아와 나를 물어 가다오."
지난 한 계절
노박덩굴과 함께 살았네

제 몸을 비우는 것처럼

제 맘을 태우는 것처럼

간절하니까

절박하니까

그 계절의 풍경 속에서

1

봄은 가고, 그 계절의 풍경 속에서 나는 자주 아팠다

2

모든 길은 바다를 향해 나아갔지만 그 길 끝에서 기다림은 마른 손등을 적신 채 수척한 얼굴로 서 있었다

3

아름다워서 고독해진 생처럼 불현듯 발견한 꽃들은 스스로 경계를 허물고 그 순간의 눈물 속에서 잠이 들곤 했다

4

눈을 감는 버릇, 그것은 그리움보다 슬픔이 먼저 앞을 가리기 때문인데 결국 나를 놓을 줄 알아야 가슴의 수평선에 닿을 수 있음을 그때 배웠다

손을 모아봐
— 운주사, 석조불감 앞에서

두 손을 가슴에 모으는 건
설움이 많기 때문이지
너와 너의 누이와 나의 어머니와 그리고
그물코에 걸린 숭어 떼의 눈망울들도 마찬가지야
고요하거나 들끓거나 쓸쓸하거나
간절함은 먼 데서 찾아오는 바람 같은 것
그러나, 부귀한 자는 손을 모을 줄 모르지
구름을 끌어올리듯 가슴에 두 손을 얹을 때,
설움 속에서 우리의 고백은 진실한 거야
손을 모아봐
겨울 화분에 싹이 올라오는 순간처럼
손을 모아봐
손을 모아봐

목련의 겨울눈

눈 그친 저녁,
목련의 겨울눈은 알사탕 같은 흰 꽃을 달고 있지
시린 꽃
찬 별들이 내려와 잠시 세든 방
머잖아 떠나야 할 정든 집
그래서 별들의 저녁 인사는
"오늘 밤도 한없이 아프자!" 이렇게 노래하는 거야
왜? 빛나야 하니까
왜? 지상의 모든 벗들을 위해서니까
그래서 숙아,
견딜 수 있겠어?
이 바늘 같은 추위를 버틸 수 있겠어?
저 회색의 촛불
목련의 겨울눈을 봐
아프니까 빛나는 눈빛처럼
속으로 울고 속으로 맺고 속으로 틔우고 속으로 피
워봐
아침 햇살이 별안간 둥근 문을 열어줄 때

그 순정은

겨울 별자리가 곧 떠날 채비를 하는 거야

그러니까 목련꽃은

겨울의 찬 별들이 피워낸 눈물방울이지

고흐의 아주 사소한 독백 하나
—'별이 빛나는 밤'에 대하여

파도가 불러서 우리가 왔지

고갱의 병식, 시엔의 수영, 가셰 박사의 현묵, 탕기
영감의 동근, 테오의 상순

자은도* 수평선 뭉게구름 위에 만월처럼 둘러앉아
압생트를 마셨지

난 미친 게 아니야, 색채 속에 갇힌 것뿐이야

그날 밤도 그랬어, 나의 모든 것이 어두우니까 눈빛
이 날 밖으로 인도한 거야

하늘은 바다보다 더 깊어, 그래서 내 눈도 깊어진 건
데 그만큼 눈물이 많아

그러니까 그 별은 바다 위의 별이지만 실은 나의 눈
물 자국이야

파도가 불러서 우리가 왔지

파도가 불러서 우리가 왔지

• 전남 신안군 자은면에 소재

겨울, 미루나무 아래에 서면

겨울 나뭇가지는
적막의 그늘을 내리고
나를 홀로 걷게 만든다
일주문 지나
한 그루 미루나무를 보면
더는 발길이 나아가질 않고
생이 좀스러워진다
내 몸의 비곗덩어리가 빠져나가려 한다
부러진 나뭇가지 끝마다
최초의 목탁 소리 숨어서 운다
바람의 정령들은 아무에게나 깃들지 않는다
묵묵히 제 길 속에서
아파본 이는
이 미루나무를 알아볼 것이다
작별을 앞에 둔 그대여,
이 나무 그늘 아래로 와서 흐느껴보라
이 나무에 이마를 대고 눈을 감아보라
겨울, 운주사 미루나무 아래에 서면

한 사람이 그리워서

그대는 목탁처럼 울 것이다

찬 물가의 나무처럼

흐르는 물은 얕아도
그 속에 드리워진 나뭇가지들은
깊어서 그대로네

나도
간혹
찬 물가에
한 그루 나무로 서 있고 싶네

생존의 무늬

큰 나무는
드러난 뿌리의 고통 속에서도 의연하지만
그 장애물 앞에서
사랑의 힘은
숨은 나무뿌리를 바위처럼 부풀게 한다
생존의 무늬는 이렇듯 아름답다
감출 일 없는 길 위에서
우리의 생도 부르틀 수밖에 없으므로
그대여,
정갈한 얼굴로 마주보고
너와 내가 서로의 길을 함께 걸어보자

섬진강

저 강이 고요한 것은
속으로 울기 때문이야
공포와 불안의 눈물이야
적막을 배우려거든
저물녘 저 강가에서 모로 누우면 돼
그래서 귀를 빼앗기고
온전히 자기를 잃는 순간
강물의 탄식과 통곡, 그리고
그 너머의 눈망울들을 만날 수 있어
울고 싶으면
섬진강으로 가서 울어
소리는 내지 말고

숯

내 몸은 한때 번개 속에 있었다

어느 날은 비를 맞고 어느 날은 눈길을 걷고 어느 날은 안개에 휩싸여 길을 잃었다

그리고 먼 섬으로 가서 꽃이 되었다가 파도가 되었다가 그리운 날은 한 줌의 작은 조약돌로 남아 있었다

번개가 다녀간 나의 몸은 이제 숯이 되었다

아지랑이든 흰 구름이든 풀벌레 소리든 눈보라든 내 심장의 근심들도 모두 숯 속에 있다

견고한 숯 속에서 나는 불의 부활을 꿈꾼다

새벽 세 시의 망상

깨어난 새벽은 잔혹하다

어제의 악몽은 머리맡에서 뒹굴었으나 차고 쓸쓸한 잔해는 속이 비었다

견디는 일은 우울하다, 그러나 자학은 그 위에 있다

나의 비애는 사소한 것이지만 내가 키웠으므로 달아날 일이 없다

믿음은 올바르지 않다

상냥한 약속은 구겨진 깡통만큼 상처를 남긴다

사람들이 잠에 빠지는 건 불안과 동거하기 때문인데 누구나 즐기는 이유는 아니다

상상은 고독 속에서 나온다

온갖 불길한 예감은 도처에 널렸다

허튼 말은 돌멩이에 묶어서 강물에 던지는 게 낫다

깨어 있는 새벽에 잠든 이를 그리는 건 옹졸하다

망상은 나를 춤추게 한다

그래서, 새벽 세 시의 망상은 기다림의 고통보다 시
원하다

어떤 독백

폰 속에서 그가 말했다
"화가는 꽃이고 시인은 낙엽이야."
그리고 취한 입술로 호탕하게 웃었다
그날은 겨울비가 내려서
나의 원행(遠行)이 불안스러웠지만
차 안에서 듣는 그의 먼 목소리는
오후 세 시의 누런 은행잎처럼 위태위태했다
"이번에 그림 팔아서 아들 녀석 전세금 해줬지."
"……."
"그림은 돈이 되는데 시는 돈이 안 되잖아?"
속으로
'나는 아들 원룸비도 못 대주는데'
그리고 또 속으로
'나는 무명 시인이라서 남의 돈만 축내고 있는데'
그리고 며칠 전, 아내는
"그놈의 시, 그놈의 시가 뭐라고!"
질책하며 나를 타박했는데
이런 측은한 생각들이 자꾸 들어서

목적지를 지나쳐버린 적이 있었다
오늘은 매표소 근무 첫 월급날,
'나도 아들 원룸비 대준다' 이 말을
그 화가에게 들려주려다 그만두었다

일생의 기다림은 가슴에 새기는 거야

—운주사, '석불군(群)-나'의 여인상 앞에서

일생의 기다림은 가슴에 새기는 거야

잊지 않으려고

잊히지 않으려고

연꽃 위에 천년의 연인을 세워두고, 석공은

하늘로 돌아가버렸지만

간절한 힘은

돌 속에서도 사랑을 나누게 하지

울지도 않고

웃지도 않고

찡그리지도 않고

해 지는 능선만 바라보는, 이

거룩한 석인상 앞에서

잠시 손을 모을 수밖에 없지

기다림은 영혼을 키우는 것

연꽃 속에 두 발을 담그고 서 있으면

그가 찾아와

나의 전부를 불러줄 수 있을까?

일생을 기다려본 이는

서로의 눈빛이 되어주는 거야

2

부

———————

너의 편지와 이른 저녁의 눈

그리하여 밤은 또 오고 말았다

누군가는 꽃을 꺾고 그 자리에서 피를 토할 것이다
경쾌한 노래는 그래서 슬프다

자학은 나의 새로운 벗, 발견하지 못한 잊힌 애인

돌아보지 말 것

죽음은 그다지 신선하지 못하므로 사귈 일이 없다

너의 노래와 나의 고독이 만나고 있다

오래 걸어왔던 그 안개 속은 이제 무덤이 되었다

그리하여 밤은 또 오고, 나는 검은 비닐봉지 안으로
머리를 구겨 넣는다

너의 편지와 이른 저녁의 눈은 그만큼 우울한 얼굴
을 만든다

몸이 계절이다

우울한 나무도 마침내 근심을 털고 눈이 맑아졌다

계절은 마음을 바꾸지 않는다

빈 나뭇가지 그림자는 옅고 가볍고 순하고 또 조금
씩 가벼워져서 생각마저 나른해진다

첫 노랑나비가 물가의 유채꽃처럼 살랑살랑 흘러가
고 내 머릿속은 개운하다

봄이 내 몸을 일구며 겨드랑이에 씨앗을 뿌리고 오
금에는 수선화를 심는다

몸이 계절이다

백자달항아리꽃

바람이
순간,
흰 꽃잎들을
무참히 날려 보내서
물웅덩이를
통째
덮어버렸다
보름 지나
물이 마르고
그곳에는
만월 같은
꽃이 피었다

매화문양 백자달항아리꽃

저녁이 내릴 무렵

흰 나뭇가지가 좀 더 기울어져서 고단해질 즈음 저녁은 온다

연서를 쓰던 외론 선녀의 한 점 먹물이 지상에 떨어져 사위(四圍)가 젖는다

수선화에 앉았던 흰 나비는 지금쯤 어디로 가서 날개를 접었을 것이다

소맷귀의 닳은 실이 풀어져 바람에 날리듯 언뜻언뜻 새가 난다

뒤란의 팽나무 우거진 숲에서 휘파람새가 우니 비로소 저녁을 알겠다

창밖의 초록 이파리

누워 있는 방은 차고 희어서 병실처럼 아프다 엊저
녁도 지난 봄도 그해 겨울의 아침에도 인내하는 방은
고달프고 위로를 모르지만 그 사이 창밖의 초록 이파
리는 키가 커서 살짝 나를 엿본다

봄이 또 왔나 보다

다리 위에서의 몽상 1

비 그친 이튿날 하오의 물고기들은 거울 같은 수면 아래 오래 떠서 흰 구름을 뜯고 제 그림자를 물속에 재운다

초록의 한 잎이 수면 위로 떨어졌으나 물고기들은 미동도 않는다

다리 아래 물빛에 젖은 내 눈이 잠시 졸릴 때 새털구름은 금세 들어왔다 나가버리고

돌아오면서, 뇌리 속엔 흰 구름을 가슴속엔 물고기를 들여와 한 식경쯤 살아봤으면 싶었지만 진흙길에 미끄러지면서 물웅덩이에 엉덩방아를 찧고 온몸을 망쳐버렸다

창공의 어린 새들이 진흙탕에 누워 있는 나를 뒤돌아보면서 쯧쯧, 쯧쯧 자꾸 혀를 찬다

다리 위에서의 몽상 2

다리 위에 관(棺)처럼 누워서 별을 헤는 건 기다림
때문이에요

슬픈 별은 수줍어서 잘 안 보여요
아무에게나 찾아오는 익숙한 눈빛이 아닌 것과 같
아요

당신의 눈에 그늘이 들고
남몰래 어느 한 별이 내려와 젖은 눈가를 닦아줄 때
그게 당신의 별이에요

당신을 찾아가는 길 끝에는 작은 다리가 있어요

그 다리를 건너서 밤이 오고 별이 뜨고 또 한 눈물이
걸어와요

다리 위에서의 몽상 3

마른 숲 한 줄기 끝이나
물푸레나무 긴 가지 끝이나
늘어진 버드나무 가지 끝이나
나비는 위태로운 곳을 좋아합니다

오래 걸어서
다리 난간에 고라니 같이 턱을 괸 나의 코끝으로
나비 하나 날아와 앉았습니다

온몸이 아슬아슬한 것이 두고 온 마당 가의 목련이
곧 터질 것 같고
마음이 두근두근한 것이 당신의 안부가 곧 도착할
것만 같습니다

내 눈 안에서 날개를 접고 펴던 흰 나비는
"너도 날아봐라. 너도 날아봐라."
자꾸 간지럼을 태웁니다

가슴이 먼저 울어버릴 때

눈 그친 후의 햇살은 마른 나뭇가지를 분질러 놓는다
때로 눈부심은 상처를 남기고
산새는 그 나뭇가지에 앉아 지저귀거나 종종거리지만
시린 몸이 노래가 될 때까지 겨울나무는 견딘다
하지만 그가 눈물을 보이지 않는 것은 가슴이 먼저
울어버리기 때문이다

그 봄날을 잊지 말아요

그 봄날에 울어본 이는 설움의 극치를 아는 사람
어찌하여 잠 못 드는 밤에 별들마저 숨어버리는지
새들은 소리를 잃고 바다는 파도를 잃었네
땅은 검고 하늘은 부옇고 나무들은 메말라서 암흑뿐,
너의 다섯 발가락과 너의 다섯 손가락이 지워졌네
초침이 떨어져 시계는 온전치 못하고,
누가 저 암울한 유리 벽을 깨부수고
올바른 우리의 숨소리를 바로 살릴 수 있을까
어두워도 오,
샛별은 그믐달보다 앞서서 외롭고,
그 봄날에 울어본 이는 떠나지 말아요
수평선처럼 지평선처럼
잔잔한 파도를 만들고 아름다운 아지랑이를 만들
어요
가슴을 껴안듯
그 봄날을 잊지 말아요
그 봄날을 잊지 말아요

가을 하늘

비 그친 가을 하늘은 잃어버린 문장처럼 속이 다 비
었다

어제의 풍경을 지우면 단풍잎 같은 얼굴이 떠오른다

사라진 물방울들이 모두 내 가슴 속에서 일렁일 때
는 단 한 사람의 눈빛만 기억에 남을 뿐,
지난 일들은 죄다 바람이 되었다

종일 구름 한 점 흘러가지 않는 지평선은 사색을 준다

그래도 내일이 오는 것과 같이 붉은 꽃가지는 가만
히 흔들거린다

무아의 경지에 이른 새

멀리 비로봉 능선이 학처럼 날개를 펴고 앉았다

집 앞, 때죽나무 가지 하나는 길게 뻗어서 비로봉 능선 위를 가로질렀는데 초록의 잎들이 군데군데 나풀거렸다

처마 아래 풍경(風磬)은 고요하고
몇 점 구름은 한없이 희다

나는 긴 마루에 모로 누워 오른손으로 머리를 괴고 왼손으로는 책을 들었으나 읽는 둥 마는 둥 잡념이 들었다

어느 사이에 때죽나무 긴 가지에 세 마리 새가 다정히 앉아 있다

두 마리는 꽁지를 흔들고 한 마리는 박제된 것처럼 미동도 없다

그때, 별안간 풍경 소리가 서너 번 크게 울었다

두 마리는 소스라치게 놀라 옆 마을로 날아가버리
고 한 마리는 그대로다

의심이 들어 내가 몸을 바로 하면서 쭈욱 지켜보았
지만,
내 복사뼈만 아파서 먼저 자리를 뜨고 말았다

홀로 핀 꽃

어느 길에서나 계절은 흘러가겠지만
아직도 난 그 길 위에 서서
쓸쓸했던 꽃들의 노래를 부른다
바람이 불고
내 눈이 외로워지는 이유는
저 꽃들이 죄다 나를 가져가버리기 때문,
옷깃을 여미고
숨을 멎고
길가의 홀로 핀 꽃을 본다

너무 오래 그리운 강가에 앉아

나의 어둠은 너무 오래 그리운 강가에 앉아 있었다

저녁의 길을 혼자 걸을 때
비로소 나에게로 돌아가고 있는 이 무거움은 초라
하다

누군가 지금의 나를
저 어두운 하늘가로 데려가 준다면
나는 마침내 나의 별을 만나 첫 입술을 맞출 것이다

누가 너더러 시 쓰래?

여럿이 국밥을 먹는데 잘 안 들어간다
특도 아니고 보통인데도 그렇다
남들은 술잔을 돌려가면서
게걸스럽게 입을 벌리고 농을 던지고
물티슈로 얼굴과 목덜미까지 닦아내는데
식어가는 국밥 앞에서
내 이마엔 식은땀만 송골송골 맺히고
개미가 등을 물어뜯는 순간처럼
온몸 여기저기가 따끔거린다
이들 중에 내 시집을 구매한 자는
한 명도 없고, 하지만
나는 국밥 한 숟가락을 입에 넣고
오물오물 씹으며 속으로 시 한 편씩을 외웠다
국밥 한 그릇이 9,000원, 시집 한 권이 9,000원
나는 내 길을 가고 있을 뿐인데
어째 좀 서러운 느낌이 스멀스멀 콧등으로 올라온다
그렇게 시 열 편을 외우는 동안
이들은 소주 열 병을 비우고

국밥 한 그릇을 추가했다
반절도 더 남은 국밥 속에서 창백해져 가는
내 얼굴을 그대로 묻어둔 채 밖을 보았다
창 너머 행인들이 나를 힐끔거렸다
껌을 씹는 것인지
사탕을 오물거리는 것인지 알 수 없지만
그 입술들이 자꾸 나에게 말을 걸었다
'그러게 누가 너더러 시 쓰래?'
'누가 너더러 시 쓰래?'
'너더러 시 쓰래?'
'시 쓰래?'

잎

바람이 불면 한 장의 초록 잎이 먼 산정을 가리우고
서너 가지의 푸른 잎새가 기울면 산을 통째 지워버린다

3
부

폭설의 하루

나의 손바닥에는 슬픔이 있다
얼굴을 문지르면 지난 별들이 다시 돌아와 몹시 앓
는다

눈을 감았다 뜨는 하루가 물속 같다

나는 왜 고요의 집에 갇혀 침묵을 수놓는가

폭설,

세상은 여기에 없다 너무 고통 받았으므로

고립이 나를 키울 때
나는 입술을 오므리고 착한 까마귀 울음소리를 배
운다

폭설 전야

집은 비었다
나의 눈도 비어서 차다
나는 방금 일터에서 돌아와 양말을 벗고
허름한 주방 앞을 서성거린다
온몸의 피톨들이 식어가는 중이다
바닥은 냉골이라서 나의 빈곤을 일깨우고
좁은 어깨가 더 움츠러들었다
냄비 뚜껑을 열고
세 권 시집을 새의 깃털처럼 뜯어서 태우고 싶어진다
창틀은 너무 가벼워서
바람의 향방과 무게에 따라 나를 괴롭힌다
믿음은 어디에도 없고
마주할 그 누구도 없이 혼자일 때,
뜨거운 귓불은 예민해진다
눈[雪]은 거짓이 없으므로
불타는 심장을 내려주는 것인데
오늘 눈 감지 못한 이는 고독하여도
밖은 이미 첫사랑처럼 들끓고 있을 것이다

빛이 그리울 때

빛이 그리울 때 길을 나섰지
겨울 들길은 차갑고 나를 서글프게 하지만
쉼 없이 걸었어 나도 모르게, 그리고
어느 산비탈에 이르렀는데 다리가 풀려버린 거야
주저앉아 내 왔던 길을 떠올리곤 부끄러워서 그만
고갤 떨구고 말았어
한참 만에 고개를 들어보니 내 머리 위로 큰 소나무
가지가 뻗어 있는 거야
혁대를 풀었어, 날 매달려고
땅을 짚고 냉정히 몸을 돌려 일어섰지
발목이 쇠고랑에 묶인 것처럼 걷는 게 버거웠지만
한 걸음, 두 걸음, 세 걸음 천천히 발길을 옮겼어
바로 그때,
신발코 앞에서 소란스런 소리가 들려오는 거야
눈을 크게 뜨고 보니까
세상에,
나무 주위에 찔레가시 넝쿨들이 성곽을 이루었는데
그 안에 산새들이 둥지를 튼 거야

순간, 무수한 톱니 같은 가시들이 별처럼 아름답다
고 생각했지
　하, 그 찰나에 내가 그런 상상을 하다니
　그때부터 난 마음을 바꾸기로 했어
　산새들처럼 자기 앞에 드리워진 고난의 길을 사랑
할 거라고……
　산비탈을 내려오다가 다시 그 소나무에게로 가서
말했어
　"너를 두렵게 해서 미안해, 허튼 생각 안 할게."
　소나무는 말이 없었지만
　비로소 해가 구름 밖으로 서서히 빠져나왔단다

정서 (情緒)

어느 초가을, 하오 세 시의 허기를 달래려고 급히 한 식당에 들어가 선짓국을 몇 술 뜨는데, 등 뒤의 출입문이 열리더니 앉기도 전에 주문을 던지는 중년의 걸걸한 목소리를 들었습니다

"여그 술부터 주쇼."

"……."

"예? 여그 말이요, 술부터 주랑께요."

"예, 뭔 술을 드릴까유?"

"술이 뭔 술이 있다요, 그냥 술이제."

"그랑께 뭔 술을 드려유?"

"쐬주 말이요."

"그것은 알것는디, 뭔 술을 드려유?"

"허 참, 까깝흐요, 이짝 술을 줘야제."

"이짝 술이 뭐다유, 여그 냉장고를 보세유."

"아니, 이짝 술도 몰라라?"

"난 잘 모릉께 갖다 잡수세유."

그때, 급히 주방 고참 아주머니의 낮은 목소리가 새

어나왔습니다

"그거 갖다드려, 맨 위에 있는 걸로."

"아, 이것 말이구먼유."

"그랴."

신참 아주머니가 대여섯 걸음 걸어와서 술을 내려놓고 가더니 볼멘소리로 한마디 던졌습니다

"첨부팀 이름을 말해야제, 이짝 술이 뭐다유?"

"아줌씨는 이짝 사람 아니고 어디다유?"

"난 충청도유, 한 달 됐시유."

"글더라도, 이짝 술은 알어야제."

"아니, 높은 사람들이 이름을 만들었응께 이름을 불러야제, 이짝, 저짝이 뭐시다유. 높은 사람들이 들으면 흉보지라."

"글면 뭣이라구 불렀으면 쓰겄슈?"

아주머니는 냉장고에 손가락을 찔러가며 말문을 틉니다

"이짝 술은 참이슬, 저짝 술은 잎새주, 이리 불러야제라."

"아니, 아줌씨 시방 두 말을 썪어 써부요, 얼마나 되었다고."

"여그 살라면 이짝 말을 빨리 배워부러야지라."

"허허, 그건 그렇다치고, 아줌씨 앞으로 이짝 술은 잎새, 저짝 술은 찬이쓸 이렇게 말해야제."

"그것이 뭔 소리다요, 이름 따라 불러야제."

"그건 그만두고, 앞으로 잎새는 이짝에 놔두고 찬이쓸은 쩌짝에 놔두쇼잉."

"나는 몰라라."

"뭣이 몰라부러라, 잎새가 없으면 어쯔께 이쓸이 맺혀분다요, 자연 섭리상 그것이 맞어붕께 그렇게 아쇼잉."

"……."

"글고, 잎새 지면 쩌것도 맞짱 헛것잉께 그리 알드라고잉."

선짓국에 얹은 파 향이 입안을 개운하게 해서 모처럼 잘 먹었습니다

오월에 떠난 벗
—휘에게

오월의 떡갈나무 어린 잎들이 뒤척이는 저물녘에
무릎을 꿇는다

방금 한 생이 그 녹음 사이로 걸어갔지만, 바람처럼
울먹이면서 날아갔지만, 서럽다

우울한 일기(日記)는 등에 남는 것, 더 아파서 우리의
가슴에 남는 것

그래, 돌아올 리 없지, 가지 않았으니까, 맞지?

휘야,

노래가 왜 고달프지? 왜 고달프게 들려오지? 맞아,
고달픈 거야!

그러니까, 기억은 모질어, 놓을 수 없어, 놓을 수 없
는 거야, 놓아줄 수 없는 거야, 기어코 놓아줄 리 없는

거야, 우리니까

　휘야,
　벅차니? 벅차면 좀 내려와라, 내려와

　엊그제, 니 얘기 많이 했다, 수, 석, 선, 열, 근, 균, 또
새잎이 터서 녹음이 오니 오직 니 생각뿐, 모두 못 견
뎌 하더라

　휘야,

　인하, 수인의 소식 올려 보낸다, '극복한 꽃은 한 곳
을 우러른다.' 아빠에게로……

　너의 눈빛이 내려와 머무는 곳에 녹음이 있고, 쓸쓸
한 우리가 있다

　휘야,

어느 날 한 마리 구렁이가 우리의 가슴을 미끄러져 가는 꿈처럼 네가 뿌려놓은 한 줌 텃밭의 흰 도라지꽃을 우리는 울먹이듯 기다리고 있다

　지상의 모든 노래가 너무 슬프다, 너를 그리워하니까, 너를 그리워할수록, 더욱, 더, 더

　곧 보자.

고양이의 무덤

이레 전에 마주친 너의 눈은 퀭하여 어떻게 형언할
수가 없었다
그 큰 눈 안에 무엇이 숨어 있었더냐
말라버린 눈물?
외칠 수 없는 궁핍?
그래도 너의 눈빛은 너무 어둡기만 하더라
첫 너를 만났을 때,
이곳이 너의 집인 양 새끼들을 불러들이는 걸 보고
나는 언짢았다
애초에 너의 집은 저 위쪽 하얀 이층집 아니었더냐,
그 부자집
난 독신이고 식사도 변변찮고 더군다나 너에게 애
정을 쏟을 만큼 시간도 넉넉지 않았다
대처에 나가 사흘 만에 돌아오던 날
너는 보이지 않았다
쓸쓸해진 나는 양지바른 매화나무 근처로 갔다
숨이 막혔다
매화나무 아래,

반듯한 햇빛이 머무는 풀숲 속에 너는 가로누워 있
었다, 꼬리만 밖으로 내민 채
그때서야 너의 예지를 알게 되었다
네가 왜 옛 주인을 떠나 나에게 왔는지
네가 왜 새끼들을 데리고 나에게 왔는지
늦게 깨달았지만 서글펐다 '
뜰 한편을 파서
널 그곳에 내리고
그 위에 꽃잎을 쌓고
그 위에 새잎을 뿌리고
그 위에 잔돌로 봉분을 만들고

눈물 많은 나는
무너진 돌담 아래 숨어서 울던 네 새끼들과 오래 눈
을 맞추어주었다

외로운 집

불쑥, 손님이 찾아와서

인사치레로 냉이전을 부치려고 능주 농협 영외 지점으로 걸어갔지요

밀가루 한 봉지를 안고 돌아오는데 고무신 발바닥이 따가워서 갓길 풀숲에 잠시 쉬었습니다

한데, 광대나물꽃, 큰개불알꽃을 밟아버려서 아, 어떡하지요?

급히 열 손가락으로 세우려다 오히려 줄기가 끊어지고 꽃잎이 떨어져버렸어요

무심하면 안 되는 줄 알면서 그게 어려워요

빈 유모차를 밀며 할머니가 지나가고, 난 인사를 하고 고개를 들었지요

그때, 멀리 누르스름하고 어질어질한 것들이 눈에 들어와 나도 모르게 그곳으로 걸음을 옮겼지요

외로운 집,

처마 지붕의 기왓장 서너 개가 떨어져 휑하니 비고, 잠시 내 머릿속도 그만큼 비워졌지만 그 집 담장 밖으로 노란 생강나무꽃들이 쓸쓸히 넘어와서 나와 마주치

니 나의 눈도 부끄러이 피어나 거기 오래 머물렀지요
　서둘러 집으로 돌아가지 못하고
　적막한 안마당을 기웃거리며,
　손잡이가 떨어져 나간 대문 연꽃무늬 함석판을 손
바닥으로 한참 다독여주었답니다

안경을 쓰고 싶은 아침

아침 햇살은 투명한 창을 들뜨게 하고 창은 나를 깨
운다

밤새 뒤척이던 나의 잠을 별들은 어떤 생각으로 내
려다보았을까?

구름은 밤사이에도 간혹 어느 착한 별을 눈 감게 하
고 애태우게 하고 또 짓궂은 장난을 걸었을 것이다

안경은 본디 내게 없지만 안경을 쓰고 싶은 아침일
때가 있다

더듬거리며 안경을 걸치고 창 너머 지난 밤의 저 하
늘의 안부를 자꾸만 묻고 싶어진다

처연한 것은 팔짱을 끼게 하고

비 오는 저녁 창가에
작은 새 울고
방 안의 한 사람은
처연한 생각으로
팔짱을 낀 채
벽에 등을 기대어보지만
새는 돌아갈 마음이 없이
창 아래 후미진 곳에 숨어서
여린 소리로 자꾸 운다
지금쯤 흰 꽃들은 비를 설워하고
초록 이파리들은 고단한 물방울을 떨어뜨릴 텐데,
새는 밖의 어둠 속에서 혼자이고
나는 안의 어둠 속에서 혼자이다
새나 나나, 차라리
마음속에 슬픈 종 하나씩 숨어 있어서
때 되어 울어준다면
더는 슬플 일도 없을 텐데

봄비 내리는 소리

누운 몸인데 귀가 간지러운 건 무어냐

이불 밖으로 손가락을 가만 내밀고
이불 밖으로 발가락을 가만 내밀고

이상하다, 안의 체온이 밖에도 있다

조금 모로 누워서 생각을 모으고
다시 모로 누워서 생각을 버리고

이상하다, 두근대는 나의 마음은 무어냐

아,
어제의 애인이, 마지못해
고백하면서
애원하면서

못 온다고

안 간다고

울먹인다
훌쩍인다

임하도* 화가, 조병연

　그의 외딴집 뒤란은 파도 소리가 정갈하고 방문을
열면 마당도 없는 소로에 노란 갓꽃들 즐비하다

　어느 봄날, 주먹만 한 그의 방에서 "화풍이 좀 몽환
적이었으면 어떻겠나?" 취해서 떠들었지만 그는 "우
리는 아직도 몽환 중인데 무얼 더 바라는가?" 해서 서
로 웃었다

　이튿날 그가 수묵화처럼 즐비한 갓꽃들을 발바닥으
로 어루만지며 작란을 거니 흰 나비 서넛은 바닷가로
흘러가고 흰 개는 먼 산을 본다

　지금, 그가 나의 등 뒤에서 쪼그리고 앉아 견공에게
묻는다

　"개야, 네가 시를 아느냐?"

　나는 당분간 시를 떠날 거 같아서 오장육부가 후련

했다

* 전남 해남군 문내면 임하리에 속한 작은 섬

미인은 자기를 놓아버리고 싶을 거야

아름다운 것은 스스로 서글퍼지지
남몰래 자기 얼굴을 잡풀 속에 감추어버리는 양귀
비꽃,
얼른 꽃잎을 떨구고 싶은 조바심처럼
미인은 일찍 자기를 놓아버리고 싶을 거야
숨은 양귀비꽃이
어느 날
날 찾아봐라
날 잡아봐라
바람결에 살짝 볼을 내밀 때,
설움에 익숙한 자는, 이
미(美) 발견하고서
곧장 울어버리지
당장 아파버리지

김광석의 옆얼굴

빛이 댓잎에 닿아 부서질 때 대숲에 깃든 새들은 목청을 비운 채 떠나버린다 그 자리에 지상의 숨은 별들이 노래가 되어주고 아픔 없이 걸어온 길이 없듯 그늘 속에서 까마귀는 홀로 울부짖다 사라진다

오선지의 음표는 그의 별들이 남긴 족적이므로 쓰라린 선율이 흐를 때마다 그의 옆얼굴은 작은 경련을 일으키며 번득인다

능주역

그가 미리 와 기다림에 지쳐 울던 곳

오로지 한 생각에 겨워 목을 떨구던 곳

신발 끈을 서너 번 풀어헤치다 다시 묶던 곳

대합실이 아늑해서 시를 읽다 그만 먹먹해지던 곳

외조모와 외삼촌이 문득 떠오르던 곳

눈이 게슴츠레 풀리면서 소설집을 떨어뜨리던 곳

이중섭의 편지글을 읽고 또 읽으면서 서귀포를 떠올리던 곳

수십 번 플랫폼을 드나들어도 여전히 적막하던 곳

역무원이 눈길 한번 주지 않아 평화롭던 곳

기다림이 설움이란 걸 새의 눈빛 속에서 발견하던 곳

원두커피가 간절해서 애태우던 곳

예민해진 귀가 석굴 내부보다 더 잠잠하던 곳

오랜 침묵의 평온함을 안겨주던 곳

손등의 쓸쓸한 잔주름을 자주 들여다보던 곳

속마음을 몰라주는 바보 애인을 이해하게 만들던 곳

창 너머를 바라보며 그날의 다툼이 풀어지던 곳

벤치 그늘에 앉아 지난날의 수줍음을 찾아내던 곳

휘돌아가는 레일 위에서 숨은 첫정을 확인하던 곳

도수 높은 안경을 쓰고 수첩 속 그의 사진을 꺼내 보던 곳

무릎에 두 팔꿈치를 세우고 괜스레 턱을 괴던 곳

천장 네 귀가 정갈해서 일없이 긴 손톱으로 거미줄을 그리던 곳

말을 꾸밀 줄 모르는 사람과 여러 번 다녀갔던 곳

비 오는 날에 울적한 그의 그림자가 홀로 서성거리던 곳

몸을 기울여 그에게 보낼 엽서에 릴케의 시를 옮겨 적던 곳

진눈깨비 날릴 때 허전한 내가 나를 만나러 가던 곳

십 년을 괴롭혀서 그 사람을 애인으로 만나던 곳

지난해의 폭설이 오월의 이팝나무꽃으로 피어나던 곳

불현듯 다리 위의 첫 키스를 재현하고 싶던 곳

한 계절 내 병상에 누운 그를 찾아갈 때의 이끌림 같던 곳

더는 꿈꾸지 않아도 그 꿈이 영원한 꿈이었던 곳

......

나의 외로운 거처 능주역

4
부

그 다리를 건널 때

함께 와서
건너가고 건너오는 다리는 낯선 무지개의 눈썹 같
아서 서로를 스미게 한다

길은 허공에 있다
먼저 건너갔으므로 쉽게 잊히는 것처럼 비약적인
걸음은 많은 흔적을 남긴다

드나드는 일, 다리 위에서의 기억은 오래 가고

비 내리는 공휴일은 종일 집에 갇혀 꽃을 본다

"어디야? 지금 뭐 해?"
가장 사랑스러운 마음은 상대방에 대해 궁금해 하
는 말

비를 맞으며 손을 잡는다
허공에서 꿈을 꾸듯 새들은 구름 속으로 미련을 옮

길 줄 안다

　홀로 다리를 건널 때 무지개의 눈썹은 사라지고 얼굴은 야윈다

좀 살펴봐

너에게 쉴 그늘을 만드느라

초록 이파리들은 고단한 거야

좀 배워

고개도 숙일 줄 알고,

구름은 순박해서

때맞춰 빗방울을 뿌려주잖아

저 큰 나무의 잎새들이 뛰노는 걸 보면

그 즐거움을 알 수 있듯

다 누리지는 말고

콩알만큼만 베풀어

물론, 구름보다 못한 생들이 천지에

너와 나뿐이겠니?

그렇지만 좀 살펴봐

서운케 생각하진 말고

그물

흰 구름 같았던 당신의 두 볼이 그을려서 어둡습니다 생선 궤짝에 말라붙은 비늘처럼 당신은 제 길을 외롭게 지켜오면서 스물셋에 젖먹이 딸을 업고 세 살배기 아들은 갑판에 앉힌 채 그물을 놓았습니다 이튿날은 선창가에 앉아 그 꿈을 팔고 또 돌아와 잠 든 아이들의 이마를 쓰다듬었습니다 몸이 바다였습니다 그렇게 마흔 해를 보내고 남편 기일에 아들딸 내외가 손자와 외손녀를 앞세워 찾아왔을 때 당신의 눈망울 속엔 아직도 그믐달 같은 세찬 파도가 남아 있어서 그게 너울이 되어 밀려왔습니다

티 없는 하늘은 설움을 준다

푸른 하늘을 자주 올려다보는 것은

나에게 병이 있기 때문인데

그것이 어디서 왔는지

가슴을 두드려도 답을 주지 않는다

길을 걸어도

눈을 감아도

티 없는 하늘은 그대로여서

설움을 준다

어느 날은 낮달에 빠져

푸른 하늘을 향해

방뇨를 하고 싶을 때가 있다

그만큼 나의 병은 건실한 것이지만

어쩌다 시의 시궁창에 빠져

힘없는 자위(自慰)나 하고 있는지

금 간 발바닥을 내려다보며 설운 날이 늘었다

그러나, 시의 애인은

푸른 하늘이 내게 준 한 방울 꿈 같은 것

그래서 푸른 하늘은 시의 눈물바다

아침에 느끼고 저녁에 옮겨 적는다

잠시 비 그친 들녘

잠시 비 그친 들녘은
초록 바다인데
배는 없고
천지에 웬 나비 떼
난무하다
창틀에 턱을 괴고
오래 바라보면
나도 뛰어들고 싶어서
어느새
흰 나비, 노랑나비가 되지만
그 순간
내가 바라던 것은
고작 한 주먹 똥 덩어리가 아니었을까
이런 생각에 머릿속이 막혀버린다
어질어질
에헤라 한세상
현기증 인다
에헤라 한세상

이러다 말지

나를 벗고 싶어질 때

우중에, 대로에서
여편네를 우산대로 때려눕혔다는
김수영의 시를
골백번은 읽은 듯한데
이해를 떠나서
용납을 떠나서
그게,
치기인지 과오인지 시마(詩魔)인지
오늘 저녁에 받아들이기로 했다
입술이 부르트도록 나의 진심을 외쳐본들
벽은 물러날 기색이 없다
십대에 한용운의 시를 연애편지로 부치고
이십대에 김수영의 시로 느티나무에 이마를 찧었
지만
이제 와서
별과 꽃과 빛과 구름과 새와 물소리, 그리고
나를 떠난 것들에 깃들어
어렴풋이 살얼음을 살았다고 느낄 때

무엇이 오는가?
종이우산이든 비닐우산이든
좀 마음껏 지껄여봐서
내일의 거울처럼
나를 벗고 싶어질 때가 있다

업보

얼마나 괴로웠으면
제 몸에 갈퀴 지나간 줄 모르고
사지를 늘어뜨린 채 아우성일까
가지 끝에 매달린 짐,
일종에 업보 같은 것인데
어떤 가지는 못 견디고 부러져서 말라버렸다
욕심 없이 유유히 자기를 지켰다면
죽지 않고 고왔을 것을
생각해보면,
인간이 저처럼 부러지고 휘어지고 꺾여서 얼마를
갈까
감나무 아랠 지나며
고개를 쳐들 수 없는 것은
나의 자학이 아니라
나의 반성이 아니라
더구나 빛나는 냉소가 아니라
뒤,
뒤가 없다고 강변하는 자들을 떠올렸기 때문

길을 가면서

누가 절로 제 신발 코를 내려다보며 묻겠는가?

지금 내가 어디로 가고 있느냐고

지금 내가 잘 가고 있느냐고

밀걸레

당신은 전남대학교 농과대학 건물 두 동(棟)을 오가며 쓸고 밀고 닦고 비워내는 데 삼십여 년을 보냈고 홀로 사 남매를 키웠습니다 건물 주위와 복도와 계단과 강의실과 창틀과 화장실이 생의 전부였습니다 무릎과 허리와 손목의 수술 자국이 지난 세월만큼 시려서 아직도 빗자루와 밀걸레와 물수건과 락스 통이 당신의 눈에 남아 있습니다 손을 쥐면 손끝에 박힌 옹이가 자갈을 만진 듯 무뎠습니다 연속극을 시청하던 어느 날 화면 속에 건물 미화원의 뒷모습이 비칠 때 당신의 입술이 그믐달처럼 무겁게 패인 것을 보았습니다

손수레

    목덜미에 이슬 내리고 능선 위로 그믐달이 막 올라올 때, 당신의 손수레를 지나치면서 나는 발목을 접질렸습니다 수레에는 빈 박스와 구겨진 깡통과 고철이 가득했지만 나의 얼굴도 한쪽 구석에 처박힌 채 실려가는 듯해서 오싹했습니다 당신은 그 버거운 수레를 이끌고 입술 가득 힘을 주면서 간신히 나를 비켜갔으나 걸음걸이는 반듯했습니다 나의 새벽 출근길이 어둡습니다

눈칫밥

비는 억수 같은데
거미는 처마 밑에 진을 치고
도르래처럼 오르락내리락 마음껏,
그러나 너무 쉽게
끼니를 해결하고
남은 양식은 구석에 숨긴다
우리 가게 주인은 수입이 반 토막
밀린 월세가 9개월이고
식재료 가격은 폭등하고
직원 월급은 못 깎고
그러니까 남몰래 내뱉는 한숨이
풍선만큼 커서
그 순한 얼굴이
어느 날은 구겨진 셔츠 같이 안쓰러워서
나는 여전히 불안하다
조용히 식당 문을 열고 나와
젖은 계단 아래에 서서
처마 밑을 올려다본다

거미야,
넌 공치는 날이 없어서
신세가 고와 보이지만
나는 식솔들 앞에서
불안을 감추고, 또 주인 앞에서
눈치를 배워가는 중이다

새들의 안부를 묻고 싶어질 때가 있다

녹음이 짙고
새들은 분주해졌다
굶주림은 집중력과 조바심을 키운다
마치 잊기 위해 사는 순간처럼
새들은 경계를 풀어버리고
도로 위에서 위험한 양식을 구한다
어느 한 가족은
이웃의 소녀 가장을 데리고 함께 날아왔는데
소란을 피울 여유도 없이
순식간에 식사를 마치고 자리를 떴다
내가 출퇴근하는 돗재는
유난히 그늘이 깊고 습기가 많아서 서행을 하지만
휘인 길 안쪽은 눈에 띄지 않으므로
경적을 울리는 습관이 생겼다
그러니까 산중의 고요를 깨우는 소음은
새들이 나에게 부여한 의무와 같다
어느 여름날, 돗재 계곡에 피서객 차량들이 길을 메
웠다

퇴근길에 즐비한 갓길 차량들을 피해서 재를 올랐
지만
　　정상을 조금 못 미쳐 휘도는 길의
　　황색 중앙선 위에
　　새의 깃털 서너 장이 바퀴에 깔린 채 떨고 있었다
　　재 아래에선 행락객들의 노랫소리가 들리고
　　나는 도저히 넘어가질 못해서 숨이 막혔다

검버섯

흙과 함께한 손가락은 굽었고 부르텄고 휘었고 뒤틀렸고 마디가 꺾였다

밭 가에 쌓은 작은 돌들이 성곽처럼 이어지고 말랑말랑한 가는 흙에선 새털구름이 만져진다

억만 번은 다녀갔을 밭고랑에선 한 생의 질곡이 보인다

밭이 몸이고 밭이 하늘이고

평생 떠나지 못한 채 마음 일군 대로 일가를 이루었으니,

손등과 볼과 이마와 관자놀이와 귓바퀴에도 검버섯이 자랐다

눈 위의 새 발자국

눈 위의 새 발자국은 곤궁하고 굼떴다

새는 숲에서 걸어 나와 언 다리를 건너고 고개를 넘어서 느티나무 아래를 지나 개울로 내려갔다

얼음장 한편이 풀렸으나 안은 시렸다

외다리로 서서 한 곳만 응시하는 가는 목줄기에서 인고의 삶을 보았다

오래 걸어서 여기까지 좇아오는 동안 오히려 내 찬 발바닥이 부끄러웠다

굽은 나무

볕이 머물다 간
잎들은 한밤중에도 오붓하지만
그 나무 아래
그늘 속에서
춥지 않으려고
얼어 죽지 않으려고
한 줄기 빛이라도 받아보려고
그러니까 살아보려고
몸부림치다 온몸에 옹이가 박힌
굽은 나무
아, 어머니

붉은 꽃잎을 보며

기침이 잦은 건 각혈이 찾아오는 징조다
나는 수년 전 피를 쏟고 첫 시집을 얻었다
폐는 흰 깨 한 톨이 박힌 듯 충격을 받으면 터진다
속된 충격은 비릿하다
낡은 폐는 자학 속에서 꽃을 피운다
며칠 전, 가슴에 가시가 쌓이더니 꽃이 왔다
그러나 꽃은 피는 게 아니라
불안이 터진 것
그만큼 나의 불안은 오래고 붉다

등

가을볕에 등을 내어 말린다
내 생의 반
그늘진 곳
한데서
밥을 먹고
잠을 자고
꿈꾸던 곳
아파도
볼 수 없고
만질 수 없고
주무를 수 없는 곳
혼자 울다 지쳐서
어둠이 내리는 곳
만날 수 없어서
그리움이 내려오는 곳
나의 역마가 풀어지는 곳
시린 서리와
슬픈 거미와

아픈 산새와
설운 작별과
마른 은행잎과
공포의 먹구름과
시든 꽃잎이 다녀간 곳
어두운 숲속 같은 곳
젊은 날의 절규 같은 곳
홀로 거닐던 고요 같은 곳
눈물이 빚어낸 묵화 같은 곳
궁핍이 깔린 식탁 같은 곳
그대가
나의 겨울과
나의 강물과
나의 안개와
나의 노래와
나의 얼굴을 만나는 곳
내가 닿을 피안 같은 곳

그 여자

어쩌다 마주한, 그래서
내가 내 시집을 건네주던
그 여자
"시가 쓸 만하다 여겨지면 저녁에 술 한잔 어떠세
요?"
말을 걸게 만든
그 여자
두 손이 나비 날개처럼 가냘프게
그러나, 두려운 듯 빠르게
서너 번 펼쳤다 접으면서
탁자에 내려놓는
그 여자
시집 속에
바퀴벌레라도 숨어 있는 듯
눈길도 주지 않으면서
"전, 술 한 방울도 입술에 댄 적이 없어요. 남들이 술
마시는 옆에만 앉아 있어도 얼굴이 달아올라요."
내 앞에서 따뜻한 차를 마시며

벌써 홍조를 띠던 그 여자
찻집에 마주 앉은 그 여자
생각해보니
내 얼굴이 뜨거워서
천도가 되어버린 그 여자
그 여자
그 여자

손님도 시처럼 맞이하나 봐요?

낡은 마네킹처럼 앉아서
밖을 봅니다
정면을 응시하는 일은
나의 직업이므로 긴장이 따라붙고
어제의 피로는 가슴에 쌓이고
오늘 아침은 새로워져서 눈이 맑아집니다
어느 지인의 말이
"손님도 시처럼 맞이하나 봐요?"라고 묻던
그때를 떠올려보는데,
참으로 내가 그러한 마음을 지녔었는지
오한이 들어서 몸이 시려올 지경입니다
마침, 한줄기 빛이
금전 투입구로 들어와 나를 위로해줄 때
매표소 창 너머 순한 대숲이 만들어준
그 빛을 눈에 넣고서야
부끄러운 마음이 조금 풀렸답니다

배후

공중에 거꾸로 매달려 옴짝달싹 못 하는
잠자리, 낚였구나
결국 허공도 믿을 만한 게 못 된다는 것인데
알고 보면 천지가 거미줄투성이지
굶주림 앞에 만물이 평등하지 못하듯
위장술에 능한 거미는
교활해서 배후를 늘 미끼로 이용한단 말이야
산정 위의 불가해한 구름들
구름의 아름다운 형상들
이런 감성적인 것들을 먹잇감으로 유인했으니
아뿔싸, 잠자리여
너의 자유는
날개에 있었더냐
심장에 있었더냐
얼음을 손에 쥔 듯, 이제
그 너머를 봐
그 배후를 읽어

지난 계절은

안개의 계절 속에서 우리는 자주 아팠으므로 푸른 꽃을 피우고 오래 잠들어야만 했다

미로가 우리를 키웠다

눈 감지 못한 날은 불안의 숲으로 가서 놀고 마침내 눈을 감을 무렵 동이 텄다

비가 내리고 눈이 내리고 슬픔이 내리고

지난 계절은 모두 벼랑 끝에서 꿈을 꾼 듯 몽롱할 뿐이다

겨울이 가고 있다
우리는 또 어느 계절 속에서 한 슬픔을 만나 한동안 잠 못 이룰지도 모른다

해

설

'속울음'의 깊이가 미치는 감응력

고명철(문학평론가, 광운대 교수)

1.

시집의 표제작이 열쇠말로 작용하여 그 시집에 자리한 각 시들과 시편들이 어우러져 형성하는 시 세계를 음미하는 일은 매혹이 아닐 수 없다. 그만큼 표제작이 수행하는 역할이 중요하다.

눈 그친 후의 햇살은 마른 나뭇가지를 분질러 놓는다
때로 눈부심은 상처를 남기고
산새는 그 나뭇가지에 앉아 지저귀거나 종종거리지만
시린 몸이 노래가 될 때까지 겨울나무는 견딘다

하지만 그가 눈물을 보이지 않는 것은 가슴이 먼저 울어버리기 때문이다

—「가슴이 먼저 울어버릴 때」 전문

「가슴이 먼저 울어버릴 때」는 이번 시집의 표제작이다. 전체적으로 상처와 눈물과 울음이 함께하는 슬픔의 정서가 짙게 깔려 있다. 그런데 이 정서의 연원을 헤아리기 위해서는 심미적 이성이 요구된다. 시의 맥락을 따라가 보면, 겨울나무 가지에 앉은 산새의 울음과 움직임은 시적 화자에게 산새의 노래로 들리지 않아 슬프지만 "가슴이 먼저 울어버리기 때문"에 "눈물을 보이지 않는"다고 한다. 그런데 여기서 주시해야 할 게 있다. 분명, 산새는 "지저귀거나 종종거"림의 울음과 작은 움직임이 한데 어우러진 '새소리'를 냈으며, 이것은 흔히들 새의 노래로 간주하기 십상이다. 하지만 무슨 이유인지 시적 화자는 이 '새소리'를 '노래'가 돼가는 과정으로만 받아들인 채 이것에 배어든 슬픔의 정서를 가슴으로 먼저 울어버린다. 이것은 이 시뿐만 아니라 박노식 시인의 시 세계를 헤아리는 데 매우 흥미로운 대목이다. 시적 화자가 주목하는 것은 산새의 '노래' 자체가 아니라 '노래'가 만들어지는 도정이기 때문이다.

산새는 "눈 그친 후의 햇살"의 "눈부심"에 분질러진

"마른 나뭇가지"의 상처를 잘 알고 있다. 겨울 내내 눈이 내리고 세상은 눈에 덮여 있고, 아직 겨울은 채 가지 않았지만, 겨울의 틈새로 햇살은 내비치는데, 틈새로 쏟아지는 햇살의 눈부심은 "상처를 남기고", 아직 따사롭지 않은 세상의 나들이에서 산새는 자신의 시린 몸에 온기가 돌기까지 그리하여 '새소리'가 '노래'로 들릴 때까지 지저귀고 종종거릴 수밖에 없다. 시적 화자는 겨울을 견디는 이들의 모습을 응시하면서 가슴으로 운다. 기실, 시적 화자의 이 속울음은 산새의 '새소리'가 '노래'로 이행되는 것일 뿐만 아니라 이것을 묵묵히 견디는 겨울나무가 함의하는 시적 모럴을 가리킨다. 말하자면, 시적 화자의 가슴속 울음은 겨울 틈새의 햇살과 그 눈부심의 상처와 아직 겨울로부터 자유롭지 못한 산새의 '새소리(지저귐과 종종거림)'가 '노래'가 되기를 기다리는 겨울나무 등속이 만들어내는 생명의 율동에 대한 시적 감응력이다. 따라서 표제작 「가슴이 먼저 울어버릴 때」는 박노식 시인의 이번 시집을 가로지르는 시작(詩作)의 시적 재현으로 주목해야 한다.

2.

그렇다면, 이 가슴속 울음의 심상을 좀 더 음미해보자.

　그날 밤도 그랬어, 나의 모든 것이 어두우니까 눈빛이 날
밖으로 인도한 거야

　하늘은 바다보다 더 깊어, 그래서 내 눈도 깊어진 건데 그
만큼 눈물이 많아

　그러니까 그 별은 바다 위의 별이지만 실은 나의 눈물 자
국이야

　　　　　　　　　—「고흐의 아주 사소한 독백 하나」 부분

　　저 강이 고요한 것은
　　속으로 울기 때문이야
　　공포와 불안의 눈물이야
　　적막을 배우려거든
　　저물녘 저 강가에서 모로 누우면 돼
　　그래서 귀를 빼앗기고
　　온전히 자기를 잃는 순간
　　강물의 탄식과 통곡, 그리고

그 너머의 눈망울들을 만날 수 있어

울고 싶으면

섬진강으로 가서 울어

소리는 내지 말고

—「섬진강」 전문

　시적 화자는 고흐의 그림 〈별이 빛나는 밤〉과 섬진강을 노래하는데, 시각과 청각이 자연스레 교응(交應)한다. 그러면서 두 시가 공유하고 있는 것은 '침묵의 울음'이다. 다른 점이 있다면, 그 시적 대상이 하나는 고흐의 그림 속 '하늘과 별'이고, 다른 하나는 '섬진강'이다. 그래서 '침묵의 울음'은 '하늘과 별'과 '섬진강'에 흐른다. 물론, 이 흐름에서 눈여겨볼 것은 '깊이'의 속성을 갖는다는 점이다. 시적 화자는 고흐의 〈별이 빛나는 밤〉을 보면서 "하늘은 바다보다 더 깊어" 하늘을 떠다니는 별의 물리적 속성은 자연스레 깊이를 얻듯, 그 별을 "나의 눈물 자국"과 동일시함으로써 시적 화자의 눈물도 '깊이'의 속성을 띤다. 따라서 시적 화자의 '침묵의 울음'은 속 '깊은 울음'인데, 이것의 구체적 심상은 고요한 섬진강이 속으로 울고 있는 "공포와 불안" 그리고 "탄식과 통곡"에 따른 세계 – 내 – 존재의 자기상실과 연관돼 있다.

　그런데, 이 자기상실과 관련하여 주의할 게 있다. 박노식 시인에게 자기상실은 타자로부터 상해를 입는 피동성을 띠는 게 아니라 앞서 톺아봤듯이, 가슴으로 먼저 우는, 즉 속울음의 깊이가 동반하는 자기성찰의 능동성을 수행한다. 이것은 이번 시집 곳곳에서 마주할 수 있는 외로움과 그리움의 시적 재현으로 나타난다.

> 고립이 나를 키울 때
> 나는 입술을 오므리고 착한 까마귀 울음소리를 배운다
>
> ―「폭설의 하루」부분

> 외로운 집,
> 처마 지붕의 기왓장 서너 개가 떨어져 휑하니 비고, 잠시 내 머릿속도 그만큼 비워졌지만 그 집 담장 밖으로 노란 생강나무꽃들이 쓸쓸히 넘어와서 나와 마주치니 나의 눈도 부끄러이 피어나 거기 오래 머물렀지요
> 서둘러 집으로 돌아가지 못하고
> 적막한 안마당을 기웃거리며,
> 손잡이가 떨어져 나간 대문 연꽃무늬 함석판을 손바닥으로 한참 다독여주었답니다
>
> ―「외로운 집」부분

> 새는 밖의 어둠 속에서 혼자이고

나는 안의 어둠 속에서 혼자이다

새나 나나, 차라리

마음속에 슬픈 종 하나씩 숨어 있어서

때 되어 울어준다면

더는 슬픈 일도 없을 텐데

—「처연한 것은 팔짱을 끼게 하고」부분

　시적 화자에게 고립은 애오라지 피해야 할 부정한 것이 결코 아니다. 따라서 박노식 시인에게 고립이 수반하는 외로움과 그리움의 정서와 그 본연의 무엇은 우리 삶의 실제에서 외면해야 할 대상이 아니다. 도리어 고립은 자아를 키워내고 그 키움의 과정에서 자아는 "까마귀 울음소리"로 표상되듯 세계–내–존재로서 '존재 되기'를 보증한다(「폭설」). 그리하여 지금까지 심드렁히 지나쳐왔던 폐가와 다를 바 없는 것으로 확고히 인식되었던, 부재하는 대상에게 '외로움'의 정서를 발견하더니 "담장 밖으로 노란 생강나무꽃들이 쓸쓸히 넘어와" 있는 데 눈길을 주고 아무도 없는 고요한 안마당과 손잡이가 떨어져 나간 대문의 함석판을 매만지면서 그 집의 외로움을 깊이 들여다본다(「외로운 집」). 그래서 고립 속에서 '존재 되기'의 성장을 거친 시적 화자 '나'가 외로움의 깊이를 매만지며 폐가를 '외로운 집'으로 전도시키는 시적 경이로움은 배

가된다. 여기에는 "밖의 어둠 속" 새와 "안의 어둠 속" '나'
가 안팎으로 구별되는 존재의 속성을 드러냄에도 불구하
고 "마음속에 슬픈 종 하나씩 숨어 있어서/ 때 되어 울어
준다면/ 더는 슬플 일도 없을 텐데"라는(「처연한 것은 팔짱을
끼게 하고」), 외로움의 깊이를 파고들어 외로운 존재들의 상
처를 보듬는 연민과 치유의 순정이 바탕을 이루고 있다
는 것을 강조해두고 싶다.

3.

　이와 관련하여, 자꾸만 눈길이 가는 삶들이 있다. 시인
의 이러한 시적 모럴은 40여 년 시간의 흐름 속에서 힘들
고 강곽한 어촌 일을 억척스레 견뎌내며 삶을 살아온 여
성의 눈망울에 "그믐달 같은 세찬 파도가 남아 있"는 것
으로(「그물」), "전남대학교 농과대학 건물 두 동(棟)을 오가
며 쓸고 밀고 닦고 비워내는 데 삼십여 년을 보냈고 홀로
사 남매를 키웠"던 "미화원의 뒷모습이 비칠 때 당신의
입술이 그믐달처럼 무겁게 패인 것"으로(「밀걸레」), "빈 박
스와 구겨진 깡통과 고철이 가득"한 "그 버거운 수레를
이끌고 입술 가득 힘을 주면서 간신히 나를 비켜 갔으나
걸음걸이는 반듯"한 당신의 모습으로(「손수레」), 그리고 평

생 밭농사를 지으면서 "손등과 볼과 이마와 관자놀이와 귓바퀴에도 검버섯이 자"라고 있는(『검버섯』) 민중의 삶 속 깊이 자리한 존재론적 외로움과 슬픔을 위무한다. 이 시적 모럴에서 예의주시할 것은 인간을 대상으로 한 것을 넘어 뭇 존재의 고독과 슬픔을 헤아리고 그 상처마저 치유하는 시적 행동이 뒷받침되고 있다는 점이다.

반듯한 햇빛이 머무는 풀숲 속에 너는 가로누워 있었다, 꼬리만 밖으로 내민 채

그때서야 너의 예지를 알게 되었다

네가 왜 옛 주인을 떠나 나에게 왔는지

네가 왜 새끼들을 데리고 나에게 왔는지

늦게 깨달았지만 서글펐다

뜰 한편을 파서

널 그곳에 내리고

그 위에 꽃잎을 쌓고

그 위에 새잎을 뿌리고

그 위에 잔돌로 봉분을 만들고

—「고양이의 무덤」 부분

어느 날 부잣집에 살고 있던 고양이가 제 새끼들을 데리고 보잘것없이 남루하게 혼자 살고 있는 '나'의 집에 들

어오더니 며칠 집을 비운 새 무슨 일이 있었던지 어미 고양이는 죽어 있었다. 잠시나마 '나'의 외로움의 여백은 고양이들로 채워져 있었으나, 또다시 '나'에게 슬픔의 외로움이 찾아든다. 하지만 어미 고양이의 죽음 이후 찾아든 외로움은 이전과 성격이 전혀 다른 일종의 자기성찰적 깨우침이 배어든 외로움이다. 비록 어미 고양이는 죽었지만, 어미 고양이는 혹 자기가 없더라도 새끼들의 안전을 지키기 위해 '나'를 찾은 것이다. 어미 고양이에게 부잣집은 존재론적 위협의 장소이므로 이를 피해 '나'의 집을 찾은 바, '나'의 집은 고양이에게 인간뿐만 아니라 뭇 존재를 포괄하여 '나'만의 존재를 위한 절대적 고립무원의 장소가 아님을 단박에 알아챘던 것이다. 왜냐하면 외롭고 상처투성이의 처연한 슬픔을 지닌 존재들은 인간과 비인간의 경계를 넘어 서로를 연민하고 위무하는 초월적 관계로 이어지고 있기 때문이다. 그래서인지, 죽은 고양이의 무덤을 소박하지만 정갈하게 준비하는 과정이야말로 바로 예의 초월적 관계를 보여주는 더 없이 숭고한 장례식이 아닐 수 없다.

그런데, 이러한 성찰적 외로움의 시 쓰기에서, 시(인)에 대한 고뇌를 만나게 된다. 가령, "자학은 나의 새로운 벗, 발견하지 못한 잊힌 애인"(「너의 편지와 이른 저녁의 눈」)이란, 다소 치기 어린 목소리에서 알 수 있듯, 이번 시집에는 궁

핍한 시(인)에 대한 자학으로서 괴로움이 전면화돼 있다. 「누가 너더러 시 쓰래?」, 「어떤 독백」, 「티 없는 하늘은 설움을 준다」 등은 그 사례들이다. 「누가 너더러 시 쓰래?」와 「어떤 독백」의 경우 시가 처한 경제적 곤궁을 바탕으로 하듯, 자본주의적 근대가 교환가치로 모든 유무형의 가치를 평가하고 심지어 존재의 정치 사회적 위상마저 쉽게 재단하고 있음을 직시한다. 경제지상주의 현실 속에서 시(인)의 예술적 가치는 푸대접 받고 있는 것이다. 하지만 국밥 한 그릇의 가격으로 치환되는 시집 한 권을 내기까지 얼마나 깊은 속울음을 남몰래 울어야 했는지, 국밥집에서 "소주 열 병을 비우"는 사이 "그렇게 시 열 편을 외우는 동안" 시 쓰기에 대한 자학적 물음은 표면상 시(인)의 자조(自嘲)처럼 들리지만 이들 반복되는 물음은 역설적으로 시(인)의 본연적 가치를 숙고하도록 한다(「누가 너더러 시 쓰래?」). 뿐만 아니라 친구 화가의 그림이 교환가치를 가짐으로써 그 "아들 녀석 전세금 해줬"다는 데 대한 질투심을 유발하고 '나'의 아내가 경제적 가치와 거리를 두는 시에 대해 타박한다고 하지만, 무명시인으로서 '나'의 시가 교환가치를 갖는 대신 "매표소 근무"를 하는 '나'의 신성한 노동의 대가로 "아들 원룸비 대"줄 수 있는 자긍심을 갖는 데서 자본주의적 근대를 넘는 시(인)의 존재적 가치는 한층 빛난다(「어떤 독백」). 시인은 그러므로 "시의 애인은/ 푸른 하늘이 내게 준 한 방울 꿈 같은 것/ 그래서 푸른 하늘은 시의 눈물바다/ 아침에 느끼고 저녁에 옮겨 적는다"(「티 없는 하늘은 설움을 준다」)고 하듯 시 쓰기의 경이로움은 무엇과도 바꿀 수 없다.

4.

그렇다면, 박노식 시인이 이르고 싶은 시 쓰기의 아름다움은 어떤 것일까. 물론, 지금까지 톺아본 그의 시 쓰기 면모들이 이것과 연관이 있다. 고백하건대, 이번 시집에 수록된 시편들은 어느 하나 가릴 것 없이 시인이 벼려내고 있는 시작(詩作)의 내공이 고루 스며들어 있다. 가령, 시적 화자는 운주사의 석조불감을 완상하는데, 두 손을 가슴에 모은 불상의 모습을 보며 "겨울 화분에 싹이 올라오는 순간처럼" 겨울철에도 불구하고 생의 강렬한 에너지가 솟구칠 수밖에 없는 "설움 속에서 우리의 고백은 진실"하고, 그것은 불상의 수행이 지닌 주술적 언어—"손을 모아봐/ 손을 모아봐"로 노래 되고 있다(「손을 모아봐」). 이렇게 두 손을 모으는 수행의 주술적 언어가 시인의 시 쓰기로 육화되기를 욕망하는 것은 어쩌면 자연스러운 일인지 모른다. 그래서 시집의 맨 처음에 자리한 「괜찮아」

의 맨 마지막 시구절 "괜찮아"가 예사롭지 않게 다가오는 이유를 알 듯하다.

앓고 나서 세상은 밤,

나의 눈은 더 깊어져서 고되고 벅차다

돌아가는 길은 늘 침묵이 지배하니까 나의 푸른 잎은 여전할 뿐,

그늘 안에서 착한 맘은 노래를 부르지

괜찮아, 괜찮아

—「괜찮아」 부분

박노식 시인에게 '좋은 시'란, "그늘 안에서 착한 맘"으로 노래를 부르는 것이며, 이것은 무엇을 혹독히 앓고 나서 득의(得意)하는, 달리 말해 심안(心眼)이 "더 깊어져서 고되고 벅차" 뭇 존재의 외로움과 상처를 달래주고 치유해줄 수 있어야 한다. 따라서 "괜찮아, 괜찮아"는 예의 시적 내공을 벼린 시인의 시적 주술의 언어인 셈이다. 기실, 이처럼 '좋은 시'를 노래하고 싶은 욕망은 모든 시인들이

간직하고 있을 터이다. 이번 시집을 음미하는 내내 박노식 시인의 시적 매혹은 예의 시 세계에 바탕을 두는 바, 대중가수 김광석의 음악에 대한 경의를 나타내는 다음과 같은 시적 재현은 박노식이 성취하고자 하는 시적 감응력의 비의성이리라.

　　빛이 댓잎에 닿아 부서질 때 대숲에 깃든 새들은 목청을 비운 채 떠나버린다 그 자리에 지상의 숨은 별들이 노래가 되어주고 아픔 없이 걸어온 길이 없듯 그늘 속에서 까마귀는 홀로 울부짖다 사라진다

　　오선지의 음표는 그의 별들이 남긴 족적이므로 쓰라린 선율이 흐를 때마다 그의 옆얼굴은 작은 경련을 일으키며 번득인다

―「김광석의 옆얼굴」 전문

삶
창
시
선